Sieben Weiße

Wölfe

CHANTÉ MCCOY

SIEBEN WEIßE WÖLFE

Dieses Buch ist ein Werk der Fiktion. Namen, Charaktere, Orte und Ereignisse sind das Produkt der Phantasie des Autors oder werden fiktiv verwendet. Jede Ähnlichkeit mit tatsächlichen Ereignissen, Schauplätzen, oder Personen, lebend oder tot, ist rein zufällig.

Quaking Aspen Publishing
Salt Lake City, UT

ISBN-13: 978-0989165761
ISBN-10: 0989165760

Januar 2014
10 9 8 7 6 5 4 3 2 1

Widmungen

An Karen B. McCoy,
meiner Mutter und Vertrauten,
deren Glaube und uneingeschränkte Unterstützung
meine Bestrebungen zu Schreiben gestärkt haben
seit ich ein Kind war

Danksagungen

Vielen Dank an alle, die verschiedene Versionen dieser Erzählung rezensiert haben, darunter meine Mutter, Ehemann, und Sohn (die aufgrund der familiären Beziehungen verpflichtet waren zu lesen) und den nicht so verpflichteten, aber großzügigen Freunden, darunter Christine McMillan, Matt Bailey, Bob Laird und Jim Winward. Ich schätze alle eure Einsichten und Vorschläge so sehr.

Eine leicht modifizierte Version dieser Erzählung erschien in Spec the Halls (2011), ein Wohltätigkeits-Sammelband veröffentlicht von Alliteration Ink, wobei die Erlöse an Heifer International gehen. Ein besonderes Dankeschön an den Redakteur, Steven Saus, dass es mit einbezogen wurde.

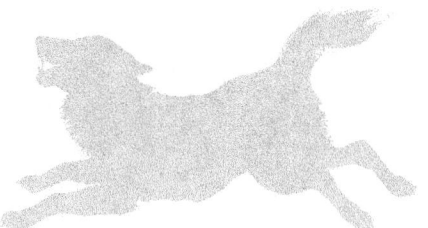

Ein Hauch von Sirup

Wie ein Baum den Vogel anlockt und der Boden den Regen, so zieht mich das Fenster an. Mit meinem Schal fest eingewickelt, gehe ich darauf zu, verzückt wie durch einen Zauber Aber keine Verzauberung verführt mich, nur der Duft von Lebkuchen und das Heulen von Wölfen.

Während die Dorfbewohner beim Ruf der wilden Hunde zusammenzucken, bewegt mich ihr trauriges Lied zu einem Lächeln, eine unerwartete Freude an diesem Tag. Ich stelle sie mir in der Ferne vor, Köpfe zurückgeworfen, wie sie ihre Bitten gen Himmel senden. Ich wünschte, ich könnte ihrem Chor beitreten und dem Schmerz in meinem Herzen auch eine Stimme geben. Ach, ich kann nicht einmal einen kleinen Schrei ausstoßen. Ich greife nach den Gittern und sacke zusammen gegen die kalte Wand aus Granit in meiner Zelle. Nur Tränen sprechen für mich, der bittere Geschmack von Salz auf meinen rissigen Lippen.

Der Hauch von Sirup, gemischt mit dem Duft von Gewürznelken und Ingwer, weht aus der Küche meiner Mutter. Ich stelle mir sie und ihr Küchenjungen vor, wie sie eifrig den Teig in die Holzformen von Mamas Design drücken, und so Bäume und Tiere erschaffen. Vor meinem geistigen Auge kann ich die kleinen Biester sehen, zahme und wilde und die immer beliebten, mit weißem Zuckerguss glasiert. In Mamas Küche, erschafft sie die Welt aus Plätzchen.

Ihr Duft kündet Mōdranicht an - die Mutter Nacht - wenn wir Frau Holda feiern, unsere liebevolle Beschützerin, am Vorabend des neuen Jahres. Es sind jetzt wohl nur noch ein oder zwei Tage bis Mōdranicht. Beim Fest wird der Lebkuchen serviert, um nach unseren dunkelsten Tagen die Rückkehr der Sonne zu feiern. Dann werden Yule und die zwölf Tage langen Feierlichkeiten beginnen.

Wir feiern Frau Holda zuerst, um uns durch die kommenden Monate zu bringen. Als Opfer töten wir die Tiere, die die Kälte und Hungersnot nicht überleben würden, und sie hält ihr Fleisch kalt und unsere Bäuche voll..

Seit Wochen ist Frau Holda, in Weiß gehüllt, durch das Land geschitten und hinterließ dabei eine Schneedecke in ihren Fußstapfen. In den vergangenen Jahren brachte ich Tanne und Kiefer herein, um ihr Kommen zu begrüßen, Girlanden aus Grün hängte ich über die Kaminsimse, Türen und Fensterbänke. Ich baute einen Altar aus flachen Steinen, verbrannte die Zweige zu Frau Holdas Ehre, der Duft wehte hinüber in ihr Reich.

Ach, immergrün. Wälder von Birke. Funkelnde Weiten des Schnees. Wie sehr ich mich danach sehne, im Freien zu sein. Während andere sich ins Haus zurückziehen, in ihren Hütten kauern, um auf das Grünen des Frühlings zu erwarten, spricht die dunkle Hälfte des Jahres zu mir. Ich habe lange ihre raue Schönheit, Blattornamente jetzt abgestreift, geliebt. Die Ruhe der Winterwälder. Die Gemütsruhe und Klarheit gesiebten Puders und Flocken. Ich wanderte alleine durch die Bergwälder oder mit meinen Brüdern. Frau Holda wachte über uns. Sie beschützt sie sogar jetzt.

In diesen Tagen vergeht die Zeit für mich wie eine lange Nacht, ohne das Weiß der Schneefelder. Selbst da Mōdranicht nicht mehr weit ist, fühle ich diese kindisch Aufregung nicht mehr. Dieses Jahr signalisiert der Lebkuchen eine unheilvolle Zeremonie. Mōdranicht wird meinen Tod markieren. Im großen Freudenfeuer, das an die Sonne erinnert, soll ich brennen.

Ich habe wenig Zeit. Ich muss mich beeilen, muss meine traurige Stimmung überwinden. Außerdem fallen Tränen genauso so leicht an der Spindel und am Webstuhl.

Lebkuchen

Ganz hinten in der Ecke, kuschel ich mich weg vom Wind, der frei durch die Gitterstäbe bläst. Ich ziehe meine viel getragenen Samthandschuhe an und schnappe mir ein Büschel schlaffer Wolfswurz oder Eisenhut, die gelb-kapuzigen Blumen, die schon lange einer Erinnerung des Sommers zum Opfer gefallen sind. Nun halte ich nur noch die Stängel und ihre dunkelgrünen Blätter, eingefasst mit gezackten Zähnen, sie werden noch dunkler im Angesicht der Verwesung. Sie riechen noch feucht und sauer, noch nicht ausgehärtet und von der Zeit getrocknet..

Ich rolle die Spindel auf meinem Oberschenkel, lasse sie dann fallen, wirbele und drehe die Stiele. Das Gewicht des Scheibenwirtels hält die Spindel stetig und am spinnen. Eine kurze Länge fertigen Fadens (Seil) windet sich auf dem oberen Teil des Stockes. Ich wiederhole, hole mehr Faser heraus Faser, ich rolle, wirbele und winde, wickele, verdrehe. Erbärmlich wenig Schnur wickelt sich auf der Spindel. Doch, bin ich fast fertig. Neben mir, in einem kleinen Haufen, liegen sechs fertige Hemden, ihr grün ist braun geworden, zackige Ränder von den Enden der Stiele. Keinen weichen Flachs in der Faser. Nur die giftige Wolfswurz der Tiere, die ich am meisten liebe.

Das harte Klappern von Schlüsseln in dem großen Eisenschloss scheucht mich auf von der einschläfernden Wiederholung und dem hypnotisierenden Spinnen. Die schwere Tür schiebt sich auf, stöhnt in ihren Angeln. Der Kerkermeister Hans begleitet meine Mutter herein, sie ist in einen Schal gewickelt, um sie beim Schreiten über den Burgrasen warm zu halten. Sie hebt das Tuch über einem Korb an und belohnt ihn mit einem Lebkuchenpferd. Er bedankt sich bei ihr mit einem Nicken und zieht sich zurück, der Schlüssel dreht sich im Schloss und schließt sie ein zusammen mit mir.

Sie hält ihren Schal fest eingewickelt, um sich gegen die Kälte in meiner Zelle zu schützen. Schmelzende Schneeflocken glitzern in ihrem Haar. "Veleda," tadelt sie. "Komm mal einen Moment hierher. Ich habe dir Lebkuchen mitgebracht. Komm. Iss. Es wird dir gut tun."

Das tue ich nur ungern. Am letzten Hemd fehlen Ärmel und es ist zu wenig Gewebe auf dem Webstuhl übrig. Ich wünschte, ich könnte Mama fragen, wie viel Zeit ich noch habe. Einen Tag? Zwei?

Aber ich bin dankbar für ihre Gesellschaft und ich bin hungrig. Ich entferne meine mit Gift bedeckten Handschuhe und nehme ihr Angebot mit einem Lächeln an. Ich beiße in einen kleinen Keks, geformt wie ein Lamm, frisch aus dem Ofen und noch nicht hart, der würzige Lebkuchen streicht über meine Zunge.

Meine Mutter nimmt sanft meine freie Hand in die ihre und dreht die Handfläche nach oben, studiert sie mit ihren Augen und eigenen Händen. Einer meiner Finger blutet, obwohl meine Hände schwielig und dick sind vom Spinnen und Weben der unverzeihlichen Wolfswurz. In der Kälte, kriegt meine Haut Risse.

Mama runzelt die Stirn und hebt traurig ihre Augen, um in die meinen zu schauen. "Veleda, ich werde es nie verstehen. Warum tust du dir das nur an? Sicher kannst du in deinen letzten Tagen Ruhe haben."

Was sollte ich sonst tun, dachte ich. Ich zog meine Hand zurück und meine Augen wandern zu meiner Spindel. Ich sollte zu meiner Arbeit zurückzukehren.

Mama muss meine Gedanken gelesen haben. Tränen

steigen in ihre Augen und sie blinzelt schnell. "Nein, nein, Veleda. Setz dich jetzt zu mir. Schau, ich habe etwas Glühwein mitgebracht zum Eintunken. Dein Vater wird nichts dagegen haben, ich habe in der Frühe seinen Keller überfallen." Sie klopft mit der flachen Hand auf den Steinboden neben ihr.

Während die Gedanken an meine Aufgabe an mir nagen, nicke ich, berührt von ihrem Bedürfnis. Ich war auch mal eine Mutter. Ich verstehe.

Als ich mich neben sie setze, zieht sie einen glasierten Krug mit einem Lederdeckel heraus, bindet dabei den Riemen los, mit dem er an seinem Platz befestigt ist. Sie gießt den süßen rubinroten Wein in einen Becher. "Trink. Hier ist noch ein Plätzchen."

Dieser Keks sieht aus wie ein Wolf, weiß glasiert wie meine Brüder. Ich zögere, ihn zu essen.

"Er wird dich nicht beißen," sagt Mama spielerisch.

Ich kann es nicht erklären. Stattdessen dippe ich den Wolf ein, er wird röter als rot, eine schmackhaftere Farbe und knabbere an den Beinen bis sie unkenntlich sind und es ist kein Problem mehr, es zu essen. Ich esse zwei weitere Lebkuchen. Mama schaut mir dabei ruhig zu. Dankbar küsse

7

ich ihre Wange und beginne aufzustehen, um zu meiner Arbeit zurückzukehren.

"Veleda, warte," bittet meine Mutter. "Sieh mich an. Kann ich gar nichts tun? Vielleicht ist noch Zeit. Es ist zu spät für dein Baby, aber du kannst dich selbst retten." Sie stolpert hastig über ihre Worte. "Ich kann es nicht ertragen, dich zu verlieren. Es muss doch etwas geben .... Du musst für dich einstehen, sprich mit dem König. Sicher funktioniert deine Zunge immer noch, und du erinnerst dich an die Worte. Sogar der christliche Mönch sagt, dass du es kannst, und ich weiß, mehr über Pflanzenheilkunde als dieser Römer."

Ihre Stimme bricht und sie wischt sich verstohlen ihre Träne weg. "Wenn du nur reden würdest. Erkläre, was passiert ist. Du bist unschuldig. Bis zu dem Tag, an dem ich sterbe, könnte ich nie etwas anderes glauben. Du bist sanft und freundlich. Keine Mörderin. Ich weiß, wie sehr du dieses Kind geliebt hast. Er war alles für dich. Ich versteh nicht, wie diese Dummköpfe das nicht sehen können."

Meine eigenen Tränen fließen von neuem. Ich senke meinen Kopf, meinen Hals zieht sich zusammen und ich kann kaum ihre Worte schlucken. Wenigstens glaubt sie an mich, kennt mein wahres Herz. Und das tut mir auch weh, zu wissen, wie sie das verwirrt und schmerzt.

"Es müssen diese gefräßigen Wölfe gewesen sein," fährt Mama fort.

Mein Kopf dreht sich herum, meine Augen weit.

"Vielleicht hat die Königin recht über sie. Ihre Spuren sind immer im Dorf. Lauern überall. Dreist. Ihre Spuren wurden sogar im Hof gefunden, außerhalb deinem eigenen Fenster."

Ich packe Mamas Händen, starre dabei in ihre geröteten Augen, schüttele ununterbrochen meinen Kopf. Nein, Mama, sage ich in meinem Kopf. Sie waren es nicht.

"Wer dann, Veleda? Was?" Mama hält ein, schaut herum, obwohl sonst niemand da ist, spricht dann in einer leisen Stimme. "Ich würde sagen, die Königin, aber warum sollte sie? Du hast geheiratet. Dein Sohn war für sie keine Bedrohung."

Ich zucke mit den Achseln. Mama nannte sie, die Frau, die mein Kind gestohlen hat, mein säugendes Baby, es konnte gerade erst seinen eigenen Kopf selbst hoch halten. Sie tötete ihn auch, um es mir anzuhängen. Selbst mein Mann glaubte ihren Lügen, feige, wie er ist. Aber der Stoff wurde gewebt. Drei Monde haben zu- und abgenommen. Ich akzeptiere seinen Verlust und mein Schicksal, also warum Mamas Verdacht bestätigen? Sie kann nichts tun. Wenn sie gegen die Königin sprechen würde, würde sie nur mit mir das Feuer teilen.

Mama hatte Recht, die Königin vor all diesen vielen Jahren zu verdächtigen, als meine Brüder verschwanden. Aber Mamas Schutz-Talisman - der Beutel mit Baldrian, Schafgarbe, Salz und Zweig der Eberesche reichte nur so weit, mich ins Verderben zu reiten, statt einer anderen Art von Fluch. Die Königin war zu klug. Sie kannte die schwarze Zauberkunst. Ich war naiv und ein Narr.

Jetzt kann Mama auch nicht mehr als aufgeben, wie ich.

"Veleda?" fragt sie, spürt mein Zögern.

Entschlossen das Geheimnis der Königin mit in mein Grab zu nehmen, presse ich meine Lippen aufeinander, still gebe ich die einzige Antwort, die ich geben kann. "Nein."

"Und du wirst deine Unschuld nicht beteuern?"

Ein weiteres Schütteln.

Sie lässt ihre Schultern hängen. "Na ja, wenn ich hier nichts weiter tun kann, sollte ich zurück in die Küche. Es gibt immer noch das Fest, das bereitet werden muss für dieses ... dieses Ungeziefer, das dich sehen will... " sie unterbricht sich, unfähig, die Worte zu sagen. Beim Brennen. Beim Sterben. "Ich hoffe, dass sie an den Knochen ersticken. Ich werde nie wieder die Rückkehr der Sonne feiern. Niemals. Für mich werden dies immer dunkle Tagen sein."

Ich streichelte ihr Haar, um sie zu beruhigen. Ich küsse sie auf die Stirn, um ihr zu sagen, ich liebe sie. Sie atmet tief ein und lächelt schwach.

"Oh," sagt sie. "Ich hab's fast vergessen." Sie wickelt das Tuch vom Korb um ihre Hand, und, aus seinen Tiefen, holt sie eine Handvoll Wolfswurz hervor. "Die letzte Ernte des Gartens. Ich nehme an, es ist genau so gut." Sie zieht auch einen Tonkrug hervor, bis zum Rand gefüllt mit einer vertrauten Salbe aus Bienenwachs, Klettenwurzel, Beinwell, Vogelmiere und Echtem Johanniskraut, um mit den Verbrennungen und Blasen vom Wolfswurz zu heilen.

Mit einem Seufzen klopft sie an die Tür. "Leb wohl, Veleda. Ich werde vor morgen Abend zurückkommen. Ich habe weiße Alraunwurzel für dich, um den Schmerz der Flammen zu betäuben und zu lindern. Ich weiß nicht, was ich sonst tun soll."

Als ich den Ausdruck auf ihrem Gesicht sehe, muss ich mich abwenden. Ich weiß, was sie fühlt, ich habe ja mein eigenes Kind verloren. Wie seltsam, dass ich in der Mutter Nacht sterben muss. Vielleicht ist es passend, so wird mein Urteil in ein Opfer verwandelt, wie es in den alten Tagen geschah.

Weiße Wölfe

Morgen Abend also. Weniger als ein Tag, um meine Aufgabe zu erledigen. Heute Nacht wird kein Schlaf meine Augen schließen, selbst wenn ich in der Dunkelheit spinnen und weben muss. Ich klopfe an die Zellentür. Hans späht herein, ein Gesicht, das ich seit meiner Kindheit kenne. Im Dreck auf dem Boden, male ich eine Kerze mit einer Flamme und schau ihn fragend dabei an.

Während ich sein Gefangener bin, habe ich einmal gedacht, dass Hans ein Freund ist, immer schnell mit einem Gruß und einem freundlichen Wort und ich brachte ihm Leckereien aus der Küche meiner Mutter. Und jetzt, wo mein Leben verwirkt war, erlaubte der König, dass meine Spindel und mein Webstuhl mich in meine Zelle begleitete und versorgte mich mit Wolldecken und Fellen um mich warm zu halten mit einer Ermahnung, mich sanft zu behandeln. Ich hoffe, er wird meiner Bitte nachkommen.

"Möchten Sie gern eine Kerze, Lady Veleda?"

Ich nicke eifrig und halte meine Hände hoch mit weit

13

aus gespreizten Fingern.

"Zehn Kerzen?"

Mein Lächeln wird sogar noch größer. Talg und Flamme wird mich durch die Nacht bringen. Vielleicht werden meine Brüder mich wieder besuchen.

Wie seltsam, ich wusste nie, dass die sieben Jungen, die in den Gärten und Schlossfluren mit mir Blindekuh gespielt hatten, meine Halbbrüder waren, erst lange nachdem sie verschwunden waren. Diese Jungen waren einfach meine Freunde, sie spielten Streiche, zogen an meinen Zöpfe und trösteten mich, wenn ich mein Knie aufgeschrammt hatte, sie kamen ans Bett und tätschelten meine Schulter. Wenn wir uns anschauten, haben wir nie unsere Verwandtschaft erraten. Meine roten Haare flammten auf neben ihren blonden, denn ich kam nach meiner Mutter und sie nach ihrer, der ersten Königin des Königs.

Ich war gleichaltrig wie der mittlere Junge, der Älteste war nur ein paar Jahre älter. Die Königin starb bei der Geburt mit Jerg. Ich erinnere mich an ihn als einen fünf Jahre alten flachsfarbenem Schatten, der Plätzchen und Kuchen verschlang, sobald sie aus Mamas Öfen herauskamen. Der älteste, Mathÿs, musterte mich

14

schüchtern, ein schöner Jüngling, der zu einem nordischen Gott heranwächst, der aber kaum ein Mädchen wie mich bemerkte, dünn wie ein Stecken, deren Blut noch anfangen musste, zu fließen.

Den Wachen entging unsere Aufregung und die Diener waren immer hinter uns her, mussten Möbel wieder neu aufstellen und Wandteppiche neu zurecht hängen... bis zu dem Tag als sie nicht mehr da waren.

Eine andere Ehefrau stand dem König am schicksalhaften Tag zur Seite und sie vergoss nicht eine Träne. Die neue Königin war eine dunkelhäutige Schönheit aus einem südlichen Königreich, exotisch, ehrgeizig und eitel. Im Frühling ihres Lebens plante sie eigene Babys zu gebären und sie in das Herz des Königs zu legen.

Die weißen Wölfe erschien an diesem Tag am Rande des Schlossparks, wunderschöne Tiere, weiß wie Schnee, ganz anders als ihre rauchfarbenen Vettern mit schwarzen Haarspitzen. Aber keiner verband das Verschwinden der Jungen mit den Wölfen. Stattdessen zielten die Wachen mit ihren Pfeile auf sie und die Wölfe waren in den Wald geflohen..

Das gesamte Schloss durchsuchte das Gelände wie nach

einer Stecknadel und Jäger durchkämmten monatelang die Berghänge nach den vermissten Jungen. Niemand konnte erklären, wie sie verschwunden waren. Der König trauerte ein Jahr lang, sein eigenes goldenes Haar ergraute vor Trauer. Die neue Königin brachte ihm kein Baby zur Welt, um ihn abzulenken..

Unerwartet warf der König ein Auge auf mich und begann, mir Fragen zu stellen. Alberne Sachen über was mir gefiel. Kätzchen und kandierter Ingwer und Lieblingsspiele. Ablenkungen von kleinen Mädchen.

Eines Tages rief er nach seinem Hofstaat und verlangte die Anwesenheit meiner Mutter und mir. Vor der bezeichneten Stunde, klopfte eine Dienerin an unser kleines Zimmer, das an die Küche angeschlossen ist und bat mich darum mein einfaches Wollkleid, Schürze und Schal aus Leinenschal zu entfernen. Sie begann, mich in ein enges gemiedertes Kleid aus Tuch von Damaskus zu kleiden, in einem Blau, das mit dem Himmel wetteiferte. Die Dienerin flocht meine Haare, webte eine Perlenkette hinein, wie Mistelbeeren in gesponnenem Bernstein wachsen. Ich hatte keinen Spiegel, aber wusste, das ich verwandelt war. Mama bebte, aber ich war zu einfältig, mich über mein Glück zu wundern.

In der Königskammer, rief mich der König zu seinem Thron, der hoch über seinen Hof thronte. Ich blickte nervös auf die schweigende Sammlung von Baronen, Herzögen und anderen Adligen und ihrer Damen. Die neue Königin starrte mich vor Wut mit großen Augen an. Ich wusste nicht, warum. Damals nicht. Aber der König lächelte breit und ich näherte mich.

Das war, als ich erfuhr, dass der König mein Vater ist.

Er stand vor mir und umfasste mit seinen Händen mein Gesicht. "Von diesem Tag an, bestätige ich Veleda, Tochter von Bechte, als meine rechtmäßige Tochter und Prinzessin des Reiches."

In dieser Nacht gab Mama mir das Amulett. Sie klopfte an die Tür meines neuen Schlafzimmers und gab mir den kleinen Stoffbeutel mit einem Lederband, um es um den Hals zu tragen.

"Trage das immer, Veleda. Es wird dich beschützen."

"Vor was, Mama?"

"Niemand außer dem König und ich wusste, wessen Blut durch dich fließt. Du warst sicher, als dieses Wissen noch geheim war. Aber jetzt weiß es die Königin."

"Die Königin?" fragte ich überrascht. Die Frau hatte noch nie mit mir gesprochen, aber ich bewunderte ihre dunkle Schönheit und ihre Haltung, und dachte, eine feine Sache, wenn sie auch meine Mutter wäre.

"Öffne deine Augen, Veleda. Heute bist du kein Kind mehr. Hast du nicht gesehen, wie die Königin den Küchengarten besucht hat? Sie kennt die Pflanzen mit Namen. Sie nimmt Stecklinge, aber ich weiß nichts von ihrer Kochkunst noch von ihrer Heilung. Ich würde es wissen. Und sie steckt Spinnen und Käfer in Flaschen."

Mama hatte mir die Geheimnisse der Pflanzen beigebracht: diejenigen, die Mägen und Nerven beruhigen, die helfen Babys zur Welt zu bringen und das Verlangen von Liebhabern zu erhöhen. Aber bei Käfern konnte ich mir keinen medizinischen Nutzen vorstellen.

"Schwarze Magie," sagte Mama. "Das Amulett wird dich dagegen beschützen."

"Warum sollte sie mir weh tun wollen?"

"Sie liebte deine Brüder nicht, noch wird sie dich lieben. Was auch immer den Prinzen passiert ist, kann auch Prinzessinnen passieren."

Gelübde

Mamas Befürchtungen waren begründet. Meine Freude an der Entdeckung, ich war von königlichem Blut, war nur von kurzer Dauer. Die Königin kam ein paar Monde später in meine Kammer, ausgerechnet am Vorabend des Mōdranicht, als der König geplant hatte, mich den Königlichen des Nachbarreichs vorzustellen und mögliche Partien auf dem Fest zu besprechen.

Als sie näher kam und mit zusammengekniffenen Augen starrte, dachte ich, sie würde mich erstechen. Was sie tat, war kaum besser.

Sie trieb mich in eine Ecke und ich wartete auf ihr Messer. Stattdessen warf sie ein feines Pulver auf mich und sang dabei ein Lied.

> *Bell am Tag, heul zur Nacht*
> *Canus familiaris*
> *Lauf jetzt los.*

> *Im Wald hier verbirg dich*
> *Canus lupus lupus*
> *Wolf bona fide.*

Wie zu erwarten, lauf frei herum
Animalia de Canidae
komm niemals heim.

Ich stand da, blinzelte sie an, die verwischten Worte sanken langsam hinein. Aber die Königin schien überrascht zu sehen, dass ich aufrecht auf zwei Beinen stehen blieb, anstatt auf allen Vieren, meine Haut ohne Fell, immer noch meine eigene.

"Was?" schrie sie voll Zorn. "Wie?"

Ich blieb ruhig, dankbar für Mamas Weitsicht, aber in der Gewissheit, dass ich immer noch nicht sicher war.

Die Königin harkte sich mit den Händen durch ihr Haar, zerzauste so ihre sorgfältig arrangierte Frisur. In diesem Moment war ich verblüfft, wie oberflächlich ihre Schönheit war. Ihr Aussehen, so sehr bewundert, waren doch nur ein Glanz, eine Schale, die verbarg, was darinnen war. Ihr Gesicht, in Wut verzerrt, verströmte Hass. Ich sah nur eine alte Hexe, erschreckender als die Trolle in den Geschichten, die alte Omas erzählen.

Dann verfluchte sie mich, sagte mir die Wahrheit, die ich halb erriet bei ihrem formwandlerischem Fluch.

"Du sollst ein Wolf sein," zischte sie. "Wie diese

abscheulichen weißen Biester."

Der Nebel der Unschuld wich. Plötzlich verstand ich. Die Wölfe vor den Toren der Burg und des Dorfes ... ihre merkwürdigen schneeweißen Felle ... sieben an der Zahl ... und der Eifer der Königin, dass sie gejagt werden, ein Goldstück jeweils auf eins ihrer Häupter.

"Die Wölfe? Es sind meine Brüder?"

"Ja, deine Brüder, Veleda."

Ich bedeckte meinen Mund vor Grauen.

Sie hielt inne und sah mich an mit neuer Intensität. "Sag mir, wusstest du, es waren deine Brüder, bevor ich sie in Hunde verwandelte?"

Ich schüttelte meinen Kopf, noch immer wie betäubt von diesen Enthüllungen.

"Sie könnten ebenso leicht Schlangen sein, die über den Boden gleiten oder Vögel in der Luft."

Ich erinnerte mich an ihre Gesichter, ihr Lachen, die kleinen Streitereien unter sich. "Aber ich hab sie geliebt, sogar wie Brüder. Sie waren meine Freunde."

Ein Lächeln zog an ihren Mundwinkeln. "Liebe.... Wie sehr liebst du sie, frage ich mich. Genug, um sie zu befreien?"

"Sie wieder in meine Brüder zurück verwandeln?" Ich wollte es genau wissen.

"Ja, zu ihrer ursprünglichen Form. Du könntest es schaffen. Die Liebe ist eine starke Magie, weißt du."

Ich hätte mir denken können, dass sich die Königin einen anderen Plan ausheckt. Welche Machenschaft sie auch im Sinne hatte, es bedeutete nichts Gutes für mich. Aber das Leben meiner Brüder stand auf dem Spiel. Was hätte ich sonst tun sollen? Und wenn ich sagte "Nein", hätte vielleicht doch noch ein Dolch zugestoßen.

Also nahm ich bereitwillig den Köder, obwohl, wie auch ein Fisch den Haken nie sieht, sah auch ich die größere Gefahr nicht. Ich sah nur eine Chance, meine sieben Brüder wiederzusehen von Mathÿs bis auf den kleine Jerg.. "Sag mir wie ," sagte ich.

"Wie herrlich süß du bist, Veleda. Ich werde dir sagen, wie. Aber du musst hier und jetzt entscheiden. Morgen gilt das Angebot nicht mehr. Verstehst du? Wenn du nein sagst, werden sie als Wölfe sterben, sie werden auf dem Berg gejagt."

Ich nickte.

"Ein Jahr für jeden Bruder, du schwörst und legst ein

Schweigegelübde ab. Kein Wort, kein Lachen, kein Schrei darf über deine hübschen kleinen Lippen kommen. In diesen sieben stummen Jahren musst du sieben Hemden spinnen und weben, eine für jeden Bruder, vom unheilvollen Kraut des Wolfes, der Hekate heilig."

"Wer?" unterbrach ich.

"Des Mondes eigene Göttin."

"Wie Máni," sagte ich und dachte an die Göttin des nördlichen Mondes. Wölfe verfolgen sie durch die Himmel, was ihre Vorliebe für Wolfswurz erklären könnte. Aber, Frau Holda, am Vorabend ihrer Mōdranicht, kam ihr auch in den Sinn. Sie ist eine Wintergöttin auch in Weiß gekleidet und der Wolf ist eins ihrer heiligen Tiere, die oft ihren Wagen über den Himmel ziehen. Frau Holda missbilligt Wolfswurz und die Vergiftung von Wölfen, aber so funktioniert das vielleicht in der Magie, den Wolf zu töten, damit der Mensch leben kann.

Die Königin sah verärgert aus. "Sieben Jahre Stille, sieben Hemden aus Wolfswurz, kein Flachs oder Wolle wird durchs Gewebe gewebt. Nimmst du an?"

Eine schreckliche Wahl und keine Zeit zu überlegen. Trotz der Kälte, die mir über den Rücken strich, sagte ich

"Ja".

Die Königin lächelte breit; sie hatte ihren Fisch gefangen. "Und das, meine Liebe, ist das letzte Wort, das du in den nächsten sieben Jahren äußern wirst. Jedoch keine Eile mit den Hemden. Wolfswurz kommt heraus nach der Schneeschmelze und du kannst es nur ernten, wenn es blüht."

Noch eine andere Bedingung schlüpfte sie hinein. Da ich Schweigen geschworen hatte, konnte ich sie nur anstarren, mit klaffendem Mund.

Die Königin schaute aus dem Fenster auf die Aktivität in den Hofgarten. Unten stapelten Dorfbewohner Reisig auf einen großen Scheiterhaufen. In der Nähe, über rot glühenden Kohlen, drehten sie ein Schwein und zwei Bullen am Spieß, frisch getötete Tiere bieten frisches Fleisch für das Fest. Der Geruch ihres knisternden Fleisches wehte zu den Fenstern. Diener eilten hin und her, deckten Klapptische mit Evergreens und Kerzen und einer Parade von Gerichten aus der Küche, wo Mama eine kleine Armee von Bäckern, Metzgern und Küchenjungen kommandierte. In den vergangenen Jahren probierte ich heimlich von den herzhaften Gerichten. Eingelegte Heringe aus dem großen

Meer im Norden. Ein ganz frisches Brot nach dem anderen. Eintöpfe mit Kichererbsen, Schwein, Burzelkraut, Karotten, Petersilie und Salbei. Sauerkraut mit Kümmel. Milchbrei von gekochtem Weizen mit Mandeln, Rosinen und Eiern. Mit Honig beschichteter, kandierter Ingwer. Fässer mit Bier und Krüge mit Glühwein und Mandelmilch.

"Tja, ich muss mich auf die Festlichkeiten vorbereiten," sagte sie. "Ich glaube, das wird ein gutes Jahr werden, nach alledem."

Hrodulf

Sie verließ mich. Ich blieb in meinem Zimmer, entsetzt, bis ein Diener mich an der Hand nahm und zum Fest geleitete. Ich kann mich kaum an die Nacht erinnern, nur, dass ich meinen Vater und seine königlichen Gäste und potentielle Freier für meine Hand, mit meinem neuen Schweigen frustrierte.

Ich gewöhnte mich schneller daran, als die Menschen um mich herum, erduldete verschiedenen "Kuren" und nahezu endloses Flehen, dass ich rede. Als ich begann, Wolfswurz zu ernten und Tage damit verbrachte in den Bergen zu wandern und dann die giftige Unkraut zu spinnen, nur um das grobe Ergebnis zu weben, schloss der Königshof, ich sei nicht nur stumm, sondern auch nicht ganz klar im Kopf. Mama, in Ewigkeit liebevoll, wenn auch gleichermaßen verwirrt, half mir die Pflanze zu sammeln und säte sogar noch mehr in ihre Gärten.

Nur meine wölfischen Brüder verstanden es irgendwie. Eines Tages im Sommer, während ich auf der Suche nach

Wolfswurz allein durch die Wälder wanderte, näherten sie sich. Sie erschienen schüchtern hinter Bäumen, jederzeit bereit bei einer plötzlichen Bewegung zu fliehen. Ich saß auf dem Boden, den Kopf gesenkt und meine Hände ausgestreckt wie eine Einladung. Freudig hüpften sie auf mich zu, unser Wiedersehen bestand aus Lecken und Kraulen am Kopf. Sie waren wunderschön, mit dickem, schneeweißem Fell und blauen Augen und zahm bei mir wie alle Welpen aufgezogen mit der Hand.

Wenn ich mich im Wald allein zeigte, begleiteten sie mich auf meinen Wanderungen. Da wir alle nicht reden konnten, waren wir perfekte Gefährten. Ich redete mit Nicken und Kopfschütteln, Lächeln und Stirn runzeln und sie bellten und winselten, spitzten ihre Ohren oder ließen sie hängen, wedeln mit dem Schwanz oder verstecken ihn.

Die Königin, die sich nach allen Seiten hin absicherte, erhöhte den Preis für ihre Felle und ritt auf königliche Jagden. Aber Frau Holda beschützte meine Brüder. Nicht ein Pfeil traf ihr Ziel und sie waren zu schlau für aufgestellte Fallen.

Obwohl ich stumm war, fuhren Verehrer fort, um mich zu werben. Verwitwete Könige und junge Prinzen kamen vorbei, bereit, mein Schweigen zu vergeben im Licht meiner eigenen blassen Schönheit und angehenden Kurven. Ich schüttelte den Kopf, um ihre Angebote abzulehnen, ich wollte in der Nähe meiner Brüder bleiben und vollenden, was ich begonnen hatte. Der König hat nicht mit mir geschimpft. Ich glaube, es widerstrebte ihm, sein einziges Kind zu verlieren, denn die Königin hatte noch keine anderen Erben zur Welt gebracht.

Die Königin durchblickte meine Schlussfolgerungen. Sie schwänzelte um den König herum, und flüsterte eindringlich in sein Ohr, ich sollte heiraten. Mama hat mich ermutigt, das nochmal zu überdenken, da sie dachte, ich sei sicherer außerhalb der Reichweite der Königin. Mama versuchte sogar, der Königin zu helfen schwanger zu werden. Sie führte ihr Sonnenblumenkerne und Tees zu von roten Himbeerblättern, roten Nelken und Brennnesseln. In die königlichen Schlafkammer hängte sie Mistelzweige über ihrem Bett auf und machte Beutel mit weißer Eichenrinde, Fenchel und Dill für unter ihre Kopfkissen.

Ich stimmte schließlich zu, zu heiraten. Einer der Herzöge meines Vaters fiel mir ins Auge. Ein gut aussehender Mann, der schüchtern lächelte und mit mir durch die Gärten ging und meinen Korb hielt. Ich nickte gerne "Ja", als er sich dem König näherte um nach meiner Hand zu fragen.

Dennoch blickte meine Stiefmutter finster. Der Herzog wohnte ihr zu nahe. Sie wollte mich weit weg haben.

Innerhalb weniger Monate meiner Ehe, begann mein Bauch anzuschwellen. Anders als die Königin, war ich fruchtbar. Auch dies beschloss mein Schicksal. Aber zum ersten Mal seit Jahren, war ich so glücklich, lächelte jeden an, völlig begeistert vom Leben in mir. Mein Mann, der so liebevoll war, freute sich wie ein Kind auf ein lang versprochenes Geschenk. Er rieb immer wieder meinen Bauch und lachte, wenn eine Hand oder ein Fuß zu spüren war.

Selbst der König feierte die Geburt unseres kleinen Jungen, er gab drei Tage lang ein Fest für uns und den Hofstaat. Wie stolz ich war, wenn ich das kleine Bündel herumzeigte. Mein süßes, süßes kleines Baby. Mein Mann nannte ihn Hrodulf. Er hatte einen Schopf von blonden Haaren wie seine wilden Onkel, ein Anblick, der mich noch mehr zum Lächeln brachte.

Wieder einmal war mein Glück nur von kurzer Dauer.

Eines Morgens wachte ich auf und fand sein Kinderbettchen leer. Pfotenabdrücke meiner Brüder waren rund um das Haus und die Dorfbewohner sprachen von den Wölfen, aber bald gab es Diskussionen, die sich um mich drehten: die verrückte Stumme. Dann nannten sie mich eine Hexe. Sie sagten, ich sprach mit Wölfen und muss ihnen das Fleisch von meinen eigenen Baby zum Fraß vorgeworfen haben.

Mein Mann war so verstört wie ich. "Sprich, Veleda, du musst! Erzähl mir, was passiert ist. Vertreibe diese Unwahrheiten."

Ich flehte ihn mit meinen Augen an, aber seine eigenen waren voller Misstrauen. Seine Verzweiflung verwandelte sich in Wut, er schlug mich und zog an meinen Haaren. "Warum spinnst du und webst du ständig dieses Unkraut? Und ausgerechnet Wolfswurz. Das Zeug von Hexen." Schließlich schlug er mich besinnungslos. Als ich erwachte, konnte und wollte er mich nicht mehr sehen.

Der Mob forderte vom König Gerechtigkeit, sie hatten Angst vor dem Verschwinden ihrer eigenen Kinder, sie waren bereits voller Angst, da der Winter vor der Tür stand und die Nächte lang und kalt waren. Der König gab nach, um den Frieden zu bewahren. Kein Zweifel, auch er war unsicher, was er von mir halten sollte.

Ich kehrte zum Schloss zurück, dass ich einmal mein zu Hause genannt habe, nur um ganz tief in den Kerker verurteilt zu werden. Trotz der kalten, kargen Zelle, war ich doch erleichtert, nicht mehr bei meinem Mann zu sein, aber ich war gleichermaßen beschämt, dass mein Vater teilnahm an diesem Verrat an mir. Ich fand ich konnte den Dorfbewohnern leichter vergeben als denjenigen, die mir ihre Liebe erklärt hatten.

Das Letzte Geschenk

Also finde ich mich hier, spinne meine letzte Wolfswurz in den frühen Morgenstunden, immer noch dunkel, nur beim Flackern meiner letzten Kerze, um meine Arbeit zu beleuchten. Meine Brüder besuchten mich in der Nacht. Ich konnte sie nicht sehen, aber hier und da ein Maul, wenn es durch die Gitterstäbe gedrückt wurde. Sie wimmerten vor meinem Fenster, bis sie flohen beim Nähern einer Nachtwache.

Ich habe noch den Rest des Tages, um den Stoff zu weben und die Ärmel anzunähen. Ich kann nur hoffen, dass meine Brüder die Hemden finden werden, wenn die Zeit kommt. Mama wird für mich auf sie aufpassen.

Getreu ihrem Wort, kommt sie am Abend mit mehr Lebkuchen, Glühwein und dem versprochene Pulver der weißen Alraunwurzel. Ich ziehe meine Handschuhe aus, um die Gesellschaft meiner Mutter und ihr Lebkuchen noch ein letztes Mal zu genießen.

Mama sitzt dieses Mal ganz ruhig da, gelassener, mehr

in unser Schicksal ergeben. Wir essen ein paar der weißen, gezuckerten 'Bäume' aus ihrer Küche. Ich lehne mich an sie und atmete ihren Duft, Schweiß gemischt mit Backaromen. Sie streichelt ihre Hand über mein Haar. Wenn sie spricht, ist es nur ein Flüstern.

"Oh, Veleda, dies sollte niemals geschehen. Es ist nicht richtig für ein Kind vor seinen Eltern zu sterben. Das weißt du." Ihre Stimme bricht. Nach einer Pause, kämpft sie sich nach vorn, eine Frau, die eine schwere Last trägt, aber entschlossen, das Ende einer Reise zu erreichen.

"Ich werde in mein Grab gehen und an deine Unschuld glauben. Ich kann nur hoffen, dich in der nächsten Welt zu sehen. Fürchte dich nicht," erzählt sie mir, versucht, sich selbst als auch mich zu überzeugen. "Wenn der Römer recht hat, wird es vielleicht der christliche Himmel. Die Mönche sagt, es ist wie Walhalla, aber auch Frauen können dorthin, nicht nur Krieger. Selbst wenn es das nicht gibt, wie schlimm kann das sein? Vielleicht ist das Leben und der Tod wie eine Schwalbe, die im Sturzflug herab schießt aus einer eiskalten Nacht in einen warmen Festsaal voller Heiterkeit und dann wieder fort in die Nacht."

Ich drücke Mama fest an mich. Ich hoffe, dass sie mir

vergibt. Im Moment bin ich mir nicht sicher, was ich getan habe, nachdem ich mein einziges Kind verloren habe und ohne Zusicherung, dass ich meine Brüder vor ihrem Schicksal retten kann. War alles vergebens? Meine Brüder könnten in den Körpern der Tiere lebenslang gefangen bleiben, wenn ich sterbe.

Meine Mutter und ich lassen uns langsam los. Ein Geräusch vor der Tür zieht ihre Blick darauf.

"Ich muss jetzt gehen. Hans sagt, ich kann nicht lange bleiben. Veleda, schau mal, höre gut zu. Spare dir den Wein auf, bis du den Mond vom Fenster aus siehst. Schütte die Hälfte des Pulvers hinein, dann wird der Schmerz weniger. Schütte alles vom Pulver hinein und Visionen werden deinen Geist beschäftigen. Nur dein Körper wird diese Zelle verlassen. Ich warf Wasser auf das Holz des Scheiterhaufens, damit der Rauch dich vor den Flammen tötet. Verstehst du??"

Ich nicke. Sie gibt mir ihr letztes Geschenk: ein leichterer Weg, diese Welt zu verlassen und ich werde wieder einmal von ihrer Liebe für mich berührt. Aber ich bin zurückhaltend, das Geschenk anzunehmen, ich will bis zum Ende warten. Ich hoffe, meine Brüder noch ein einziges Mal zu sehen.

Mama geht, endlich entweichen Tränen, als Hans sie wegführt. Ich nehme das letzte unvollendete Hemd auf. Ein Ärmel ist dran, aber mir fehlt Stoff für den zweiten. Ich nähe drauf, was ich noch übrig habe. Ich habe keine Wolfswurz mehr zum spinnen, kein Faden mehr zu weben, kein zusätzliches raues Tuch, um unterhalb des Ellenbogen fertig zu werden. Ich seufze, Trauer schwer in meinem Herzen. Am Ende scheiterte meine Aufgabe.

"Lady Veleda," Hans spricht durch die Tür. "Wir gehen innerhalb einer Stunde."

Ich schaue mich um, nicht sicher, was ich mit meinem letzten wenigen Minuten machen soll. Ich schaue auf den Wein und das Pulver. Die Hälfte, entschließe ich mich. Mir fehlt der Mut, den Flammen ohne die Hilfe meiner Mutter zu begegnen. Ich mach den Wein auch alle und bete zu Frau Holda, dass ich genug Zeit habe, damit die Alraunwurzel wirksam wird.

Als sich der Schlüssel in der Tür dreht, sammele ich alle Hemden aus Wolfswurz, alles, was ich in meinen Jahren des Schweigens fertig gebracht habe. Der Sommerduft der Hemden verblasste zum Herbst, mit einem Hauch von Heu und dem dicken Lehm des Waldbodens. Mein erstes gewebtes Shirt bröckelte schon vor Jahren, kein Zweifel als es trocknete, ein bewusstes Übersehen, die Hexe hatte die spröden Ergebnisse nicht erwähnt und jetzt riechen die Hemden auch nach Schmalz, da Tierfett in den Stoff eingerieben wurde, um sie geschmeidig und ganz zu halten. Ich hoffe nur, dass das Fett den Zauber nicht stört, aber ich hatte keine andere Möglichkeit, die Hemden so lange zu erhalten.

Aber auch ohne meine Zugabe, habe ich mich oft gefragt, ob die Hemden wirklich funktionieren werden. Was, wenn alles nur ein Trick war? Eine Ablenkung, um falsche Hoffnung zu geben? Aber ich muss hoffen, denn das ist alles, was ich noch übrig habe.

Hans steht an der Tür, jetzt als mein Henker, der mich in den Tod begleitet. Er hält ein Seil mit fragendem Gesicht. Mir ist klar, er will wissen, ob er meine Hände zusammenbinden soll. Ich schüttele leicht meinen Kopf und blinzele mit den Augen. Nein, ich werde mich nicht wehren, versuche ich ihm zu sagen. Lass mich frei gehen. Er versteht und gibt mir zu verstehen, dass ich vor ihm her gehen soll und schreite voran mit meinen Hemden aus Wolfswurz in meinen Händen.

Die Flure des Kerkers sind schwach beleuchtet. Während ich hinaus in die Nacht trete, bin ich geblendet von den Fackeln der wartenden Dorfbewohner, alle drängen sich herum, in der Hoffnung einen Blick auf die Hexe zu werfen, die ihr eigenes Baby ermordet hat. Wenn sie nur wüssten, wer die wirkliche Hexe ist.

Scheiterhaufen

Sie buhen und zischen während ich nach vorn gehe. "Hexe," höre ich. "Kindermörderin! Verbrennt sie!" Angst und Wut verzehren sie. Sie, genau die Leute, die ich seit ich ein Kind kenne, würden mich einfach vor die Wölfe werfen: sie selbst. Obwohl sie kein Fell haben, macht ihre Angst sie tödlicher als jedes Tier mit Reißzähnen.

"Geht zurück, macht Platz," ruft Hans denen zu, die sich vordrängen.

Eine faule, schimmelige Möhre trifft mich am Kopf. Ein übelriechender Saft läuft mir den Hals herunter. Einen Moment lang bin ich fassungslos. Wie müssen sie mich hassen, wertvolle Lebensmittel zu verschwenden, selbst wenn sie auch nur als Futter für die Schweine passen. Ein paar andere werfen Steine, aber Hans und die anderen Wachen kriegen ebenso viele Treffer ab und sie bedrohen die Menge sich zurückzuziehen. Einer ritzt direkt an meiner Wange vorbei. Ich fühle den Schmerz und das nasse Rinnsal von Blut.

Ich frage mich, was Frau Holda denkt, ob die Götter immer noch Menschenopfer wollen. Sind Rind und Schwein nicht genug? Vor mir erwartet mich der Kreis des Holzes, das Anmachholz und die gestapelten Holzscheite. Im Innern weist ein einzelner, hoher Stamm in den Himmel: der Pfosten. Ein Schauer durchfährt meinen Körper, als ich auf meinen Scheiterhaufen blicke. Hans trägt immer noch das Seil, mit dem er mich daran binden soll. Ich werde ihn lassen, er soll mich anbinden, sonst fliehe ich noch vor lauter Angst.

Der Wein und das Pulver fangen an zu wirken. Ich fühle mich, als wenn ich in einem Traum herumlaufe. Mit jedem Schritt, sorge ich mich weniger, ob oder dass der Tod mich am Ende trifft. Die Welt nimmt eine Glasur an, wie jene weißen glasierten Lebkuchen. Sogar den König und die Königin jetzt zu sehen und Mama am Ende der Spießruten irritieren mich wenig. Aber etwas ist wichtig, das hat mit Mama zu tun. Ich muss mich unbedingt daran erinnern. Oh, ja, die Hemden. Ich muss sie ihr zur sicheren Aufbewahrung geben.

Die Menge schreit immer noch, aber ich höre ihre Worte nicht mehr. Nur ihr Geräusch, wie Donnergrollen überall um mich herum. Ich halte meine Augen auf Mama gerichtet. Sie weint, aber wartet auf mich. Sie ist mutig, denke ich, zweifelhaft, ob ich anschauen könnte, wie Hrodulf brennen würde.

Als ich näher komme, halte ich ihr die Hemden hin. Plötzlich taucht die Königin vor mir auf. "Ich glaube nicht, rothaarige Hexe. Dein schwarzer Zauber brennt mit dir."

"Hexe, Hexe," schreit die Menge im Chor, als sie ihre Worte aufnehmen.

Ich schaue flehend auf den König, aber sein Kopf ist gesenkt, die Augen abgewendet. Mein letzter Wunsch verweigert. In einem flackernden Moment der Klarheit, merke ich, all meine Arbeit, die Hoffnungen meiner Brüder gehen in Flammen auf. Ich sträube mich hartnäckig, aber auf eine Geste der Königin hin, stellen sich zwei Wachen zwischen mir und Mama.

Hans stupst mich vorwärts. Näher und näher an den Pfahl. Die Hemden immer noch in meinen Armen, bindet er mich an die grob behauenen Tannenscheiten. Ihre Poren sondern Saft ab, was mich durch das neblige Beschlagen meines Gehirns an glückliche, immergrüne Zeiten erinnert.

"Tut mir leid, Lady Veleda," flüstert er, dann dreht er

sich um. Ein Wachmann wartet an der Seite mit einer brennenden Fackel. Er übergibt sie an Hans.

Die Menschen machen einen Schritt zurück. Der Kreis erweitert sich. Schließlich Stille. Die Fackel berührt das Anmachholz. Die dunkle Nacht erhellt sich. Flammen rasen um mich herum. Brausen. Orange und gelb lecken an den Himmel. Die Winternacht fühlt sich so warm an wie ein Hochsommertag. Ich schließe meine Augen.

Dann höre ich Schreie. Nicht meine. Außerhalb. Ich öffne meine Augen, leicht neugierig. Die Dorfbewohner laufen. Weiße Wölfe. Weiße Zähne. Kommen auf mich zu. Sie knurren und schnappen. Alle machen Platz.

Frau Holda! Natürlich. Sie bringen sie her. Ihre heilige Nacht. Die Göttin des Spinnens. Auch die Mutter-Göttin. Ich vergesse. Ihr Wagen muss gleich hinter ihr sein.

Wölfe werfen die Scheite mit den Pfoten auseinander. Brennende Stöckchen brutzeln im Schnee. Zwei springen über die feurige Hürde. Einer kaut die Seile durch. Bruder? Ich frage mich. Ist er einer von Frau Holda eigenen? Sogar mit meinem verwirrten Kopf, erinnere ich mich an die Hemden. Ich nehme das erste und werfe es auf einen der Tiere. Einen rauchigen Moment später erscheint ein großer blonder junger Mann. Nackt, wie am Tag als er geboren wurde. Der Wolf ist verschwunden.

Er arbeitet an den Knoten, die mich festhalten. "Wirf die anderen," erinnert er mich.

Oh, ja, denke ich. Ich werfe ein anderes. Das Hemd verwandelt den anderen Wolf in der Nähe. Ein weiterer junger Mann entsteigt dem Dunst.

"Die Hemden, Veleda! Wir brauchen sie alle."

Ja, ja. Ich teile sie aus. Ich treffe jeden Wolf mit der Genauigkeit eines Schützen. Der letzte Wolf steht über der Königin. Sie liegt im Schnee. Blut fließt aus ihrer Kehle. Weiß wird dunkelrot. Eine blühende Rose im Winter.

Und jetzt sehe ich sie. Wunderschön. Haare ziehen den Schnee im Mondlicht. In schimmerndem Weiß gekleidet. Funkelnd wie ein Feld voller Schnee an einem hellen Tag. Frau Holda. Ich wusste es. Die Wölfe brachten sie. Sie kam.

Sie lächelt mich an. Meine Augen brennen. Ich kneife sie zusammen, um sie zu sehen. Ich lächle zurück.

Frau Holda verschwindet im Nebel des Rauches. Ein beißender Geruch in meiner Nase. In meiner Kehle. Würgt mich.

Der Mann hustet. Blaue Augen zwinkern. Mathÿs? Ich

wundere mich. Warum ist er hier?

Er flucht, aufgebracht, tappt herum. Ich schaue nach unten. Wie merkwürdig. Eine Hand eines Mannes. Die andere, eine Pfote. Weißes Fell. Weiß. Weiß.

Mein Kopf schwimmt. Höher. Heller. Zu den Sternen. Mein Körper. Ein Gewicht.

"Veleda! Geh nicht."

Eine Träne auf meinem Gesicht. Ich versuche zu schauen. Zu sehen.

Licht wird zu einem sehr kleinen Loch. Alles schwarz. Dunkler Schlaf.

Nächste Welt

Als sich meine Augen öffnen, glüht das Feuer noch ein bisschen, wie ein Überbleibsel eines Fiebertraum. Ich setz mich in meinem alten Federbett hoch, ich denke, das war es wahrscheinlich auch. Ich erinnere mich an Frau Holda. Und die Wölfe. Meine Brüder…

I lehne mich zurück, schüttele meinen Kopf.

"Veleda?" Meine Mutter sitzt neben mir auf dem Bett. "Den Göttern sei Dank. Wache!" Die Tür öffnet sich. "Sag dem König, sie ist aufgewacht."

Ich starre sie an, noch nicht sicher, was real ist und was nicht. Vielleicht eine Vision von der Alraunwurzel. Oder ist dies schon die nächste Welt?

Mama packt meine Hand und schaut mich aufmerksam an. "Mein Mädchen, mein Mädchen. Ich hab schon Angst gehabt, das wir dich doch noch verlieren. Tut dir was weh?

Ich schüttele meinen Kopf.

"Gut, gut. Alles wird jetzt gut. Die Königin ist tot und du bist jetzt sicher, ich schwöre es ."

44

Dann war es also kein Traum. Ich schaue mich jetzt sorgfältiger im Raum um, aber ich sehe nur Mama in meinen Zimmer.

"Und deine Brüder sind zurückgekommen, Veleda. Sie haben uns alles erzählt."

Das wollte ich hören. Ich entspanne mich und mache es mir in meinem Bett gemütlich. Mōdranicht hat sein Versprechen erfüllt, denke ich. Die Sonne ist wiedergekehrt.

Meine Brüder, älter als ich sie in Erinnerung habe, betreten das Zimmer. Die älteren sind jetzt junge Männer, die jüngeren sind große, starke Jugendliche geworden. Ich kenne sie alle mit Namen. Ich erkenne auch ihre Augen, immer noch wild und wachsam. Etwas unbeholfen stehen sie umher, bis der jüngste hervorspringt, um mich fest zu drücken. Die anderen folgen, bis der Älteste an der Reihe ist und seine Arme ausstreckt.

Ich starre ihn voller Entsetzen an – das Hemd, das nicht fertig geworden ist! Es ist Mathÿs, er hat das erste Hemd von meinem Stapel bekommen. Eine Pfote streckt sich aus seinem Hemdsärmel heraus, mit Krallen so lang wie mein kleiner Finger und Fell, weiß wie Eis und Schnee.

"Ich werde sie stolz tragen, Schwester. Mach dir keine

Sorgen. Außerdem kommt sicher der Moment irgendwann, wenn eine starke Pranke besser ist als eine Hand."

Der König steht auf einmal in der Tür, er überrascht alle, außer meine Mutter. Und wie er sich geändert hat. Mittlerweile hatte sich das Grau in seinem Haar verdoppelt und seinem Aussehen Jahre hinzugefügt. Aber auch mehr als das, seine Art ist …sanfter geworden, demütiger, zurückhaltender. Er winkt meine Brüder zur Seite und nähert sich an mein Bett. Ich erwarte, dass meine Brüder zur Seite treten. Stattdessen sammeln sie sich um mich herum und knurren eine leise Warnung.

Mama steht, daher kann er sich ihren Stuhl heranziehen. "Veleda, Tochter, wie sehr ich dir Unrecht getan habe und durch meine Dummheit fast alles verloren habe." Seine Stimme hat ihr altes Vertrauen verloren. "Wie beschämt ich bin über diese Frau, die ich 'Ehefrau' nannte. Sie hat mich verzaubert, verstrickt in ihre Lügen. Kannst du mir und meinem zweifelnden Herzen jemals vergeben?"

Ich fühle einen Stich von Wut gegen diesen Mann, der sich mein Vater nennt. Im Gegensatz zu meiner Mutter, die mir beigestanden hatte, wäre ich auf seinen Befehl hin fast gestorben. Schwer zu verstehen, auch wenn er von falscher

Schönheit irregeführt wurde. Wenigstens ist sie weg, ihr Betrug wurde aufgedeckt und meine Brüder stehen als junge Männer vor mir. Meine Unschuld ist klar. Aber er ist der König. Ich lächle gehorsam. Er scheint zufrieden.

Ich höre Schreie eines Babys hinter den Wänden irgendwo und erinnere mich an meinen größeren Verlust. Traurigkeit legt sich wie ein Gewicht auf den Moment des Glücks. Der rote Funke erlischt in der Winterkälte.

Die Tür öffnet sich noch einmal. Herein kommt mein Ehemann, der Mann, der mich nicht mehr sehen wollte. Der Mann, der mich geschlagen hatte. Wie bei meinem Vater, sind meine Gedanken auch hier nicht freundlich. Ich weiß nicht, was ich von dem Herzog halten soll, mit dem ich ein Bett geteilt habe. Ich weiß nur, das ich es nie wieder tun werde.

Er hält ein Bündel aus Tüchern und händigt sie mir aus. Zuerst drehe ich meinen Kopf von ihm weg, aber eine kleine Bewegung fängt mein Auge. Dann bricht mein Herz fast aus meiner Brust, jetzt ist es ganz und schlägt wie wild. Ich kann es kaum glauben, was ich da in meinen Armen halte. Der kleine Hrodulf rührt sich unruhig in seinen Windeln. So viel größer, als ich ihn in Erinnerung habe. Er lebt. Er ist sicher.

Ich drücke ihn fest an mich, aus Angst, er ist nur ein Hirngespinst eines Traumes.

Der junge Jerg schaut nach unten auf das eingewickelte Baby. "Wir folgten der Königin der Nacht, als sie das Baby stahl. Wir holten es zurück."

"Ja," sagt ein anderer Bruder. "Eine Wölfin säugte es. Pflegte ihn mit ihrem Wurf als einer der ihren."

Mama beugt sich herüber. "Veleda, was denkst du? Kannst du jetzt sprechen?"

Ich bilde meine ersten Worte in sieben langen Jahren. "Er ist wunderschön," sage ich, flüsternd. "Er ist die ganze Mühe wert."

Über die Autorin

Chanté McCoy ist ständig dabei ein Regal voller Romane zu lesen, sie nimmt gerne Teil an weiterbildenden Klassen, um ihrem neuesten Interesse nachzugehen oder sie wandert in den Bergen von Utah mit Elvis, ihrem 50 kg schweren Dobermann. Während sie normalerweise in ihrer Liebe zur Fantasie schwelgt, schreibt sie aber auch in anderen Genres. Besuchen Sie chantemccoy.com um ihrem Blog zu folgen.

*****

Hat Ihnen dieses Buch gefallen ? Bitte teilen Sie es doch einem Freund/Freundin mit und hinterlassen Sie eine Bewertung auf Amazon, Goodreads, Facebook oder wo immer Sie es für angemessen halten. Rezensionen bedeuten einem Autor echt viel.